大作家小童话

王大智 主编

# 白乌鸦

Histoire d'un Merle Blanc
Alfred de Musset

【法】缪塞 著　圣馨 译

尘城工作室 绘

上海远东出版社

**图书在版编目(CIP)数据**

白乌鸦/(法)缪塞著;圣馨译.—上海:上海远东出版社,
2020
(大作家小童话)
ISBN 978-7-5476-1628-4

Ⅰ.①白... Ⅱ.①缪...②圣... Ⅲ.①童话-法国-
近代 Ⅳ.①I565.88

中国版本图书馆CIP数据核字(2020)第126394号

**责任编辑**　　贺　寅
**封面设计**　　贺　寅


**白乌鸦**
(大作家小童话)
[法]缪塞　著
圣馨　译
尘城工作室　绘
王大智　主编

| 出　　版 | 上海远东出版社 |
|---|---|
| | (200235　中国上海市钦州南路81号) |
| 发　　行 | 上海人民出版社发行中心 |
| 印　　刷 | 上海锦佳印刷有限公司 |
| 开　　本 | 890×1240　1/32 |
| 印　　张 | 3.5 |
| 字　　数 | 80,000 |
| 版　　次 | 2020年8月第1版 |
| 印　　次 | 2020年8月第1次印刷 |

ISBN 978-7-5476-1628-4/I・350
定　　价　35.00元

# 异己者

这篇故事没有一字一行偏离作为辛辣寓言的基调。那些痛苦、失望、天才诗人的悲伤,都是来自作者自身。

# Contents
# 目录

Part 1 ———— 1
Part 2 ———— 19
Part 3 ———— 25
Part 4 ———— 42
Part 5 ———— 52
Part 6 ———— 64
Part 7 ———— 74
Part 8 ———— 82
Part 9 ———— 102
译者的话 ———— 107

# Part 1

2

在这世上，身为一只独特的乌鸦，该有多么荣耀，但又多么艰难啊！

我绝不是一只神话中的鸟儿，而且布封先生也描绘过我的情况。然而，唉！我又是这么罕见，极难寻觅。我没有绚丽的出身和美妙的外貌……但我真的是稀奇珍贵的。可以说，在这世上，你找不到和我一样的鸟儿。

我的家是典型的传统之家——爸爸妈妈都是温良恭顺的鸟儿。多年来，他俩一直生活在巴黎玛黑区一座偏僻的旧花园里，堪称一对模范夫妻。

我妈妈趴在灌木丛里，一年孵化三次小宝宝，即便在昏昏睡意袭来时，她也不忘虔诚地照看孩子们。爸爸年纪虽然大了，但仍是只强壮的鸟儿，整洁干净，灵巧活跃。他天天在四周的林子里觅食，为太太献上最漂亮的小虫子。每一次，他都小心翼翼地叼着虫尾巴尖，以免让太太倒了胃口。

当暮色降临，只要天气晴朗，他就唱歌给太太听，同时也给邻居们带去动听的音乐。

这对和美的夫妻从未吵过嘴，从未有过一丝不愉快的乌云来打扰这个温情的家庭。

5

PONPA. MONMA. PONPI. ♥

当我抵达这个世界的时候，生平第一次，爸爸被恶劣的情绪占据了。

虽然我羽毛的淡灰色还不明显，但在爸爸看来，这就和没有颜色一个样。无论毛色或模样儿，我都不如他的其他孩子。

"这可是个小脏孩子。"我爸爸常常斜眼瞟着我，"这小子肯定碰到土堆泥坑就打滚，才弄得总是浑身泥土，总这么难看的。"

"哦，天啊！我的朋友！"我妈妈蜷着身子窝在旧锅改成的巢里说，"你也不瞧瞧，他才刚刚出生！你不也一样？你小时候不也是个迷人的小淘气吗？等我们的小宝宝慢慢长大，你就知道他会长成多么美的一只鸟儿了，他会是我们孩子里面最漂亮的一个。"

虽然妈妈这样为我辩护着，但其实在心底，她是绝对不会弄错的——我苍白单薄的羽翼看起来确实跟个小怪物似的。然而，她和全世界所有的妈妈一样，往往会格外疼爱那个遭受自然虐待的孩子；又或者，她会认为孩子身上的那些缺憾是源于她的过错，常常会代之拒绝命运的不公。

7

第一次褪毛的时候,爸爸忧心忡忡地观察着我的每一个变化。

当旧羽毛一片片逐渐掉落的时候,看着躲在角落里瑟瑟发抖的近乎赤裸的我,他眼里充满了慈爱,亲自一小口一小口地喂我肉酱吃。然而,当新生的羽毛慢慢覆盖上我冻得发僵的双翼,伴随着一根根白色羽毛的新生,他渐渐变得愤怒异常,最后暴跳如雷。我真害怕他会在震怒之下揪光我的羽毛,让我一辈子都赤身裸体。

唉,我身边没有镜子,我还太小,不懂得父亲的怒火从何而来,不明白为什么慈爱温和的父亲会突然大发雷霆。

9

10

日子还是一天天过去了。一天，当初升的阳光照耀到我初生的羽翼尖尖上，尽管内心阴影未散，我的心还是快乐地跳动起来。

我仿佛飞翔在一条条小巷的上空，撇开自己的不幸唱起歌来了。

当父亲听到我的第一个音符时，他突然像火箭般地冲向半空。

"那是什么声音？！"他叫嚷道，"乌鸦难道是这样唱歌的吗？我是这样唱的吗？这也算是唱歌？！"

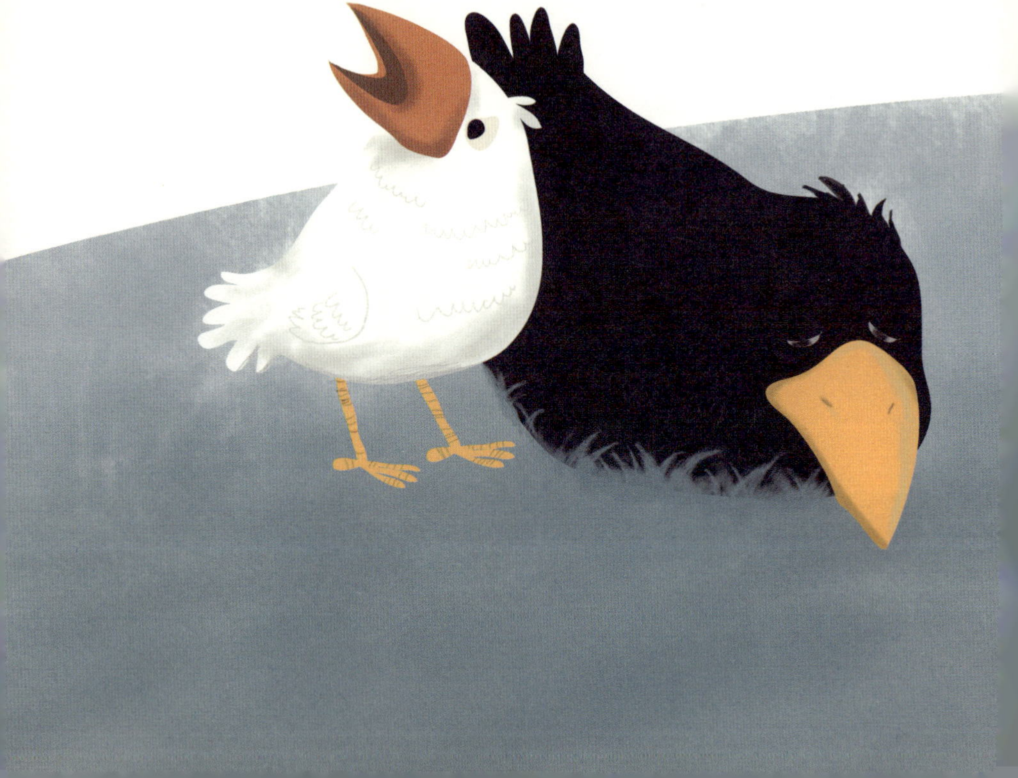

他气势汹汹地扑到我妈妈身边,扑腾着翅膀:"太不幸了,你怎么也不看看好,到底是谁在你的窝里下了蛋!"

听到这句话,妈妈愤怒地从窝里直蹦出来,不小心扭伤了一只脚。她哽噎着几乎说不出话来,半个身子斜靠在地面上。听见妈妈粗重的呼气声,我吓得惊慌失措,战战兢兢地匍匐在父亲膝下。

"哦,爸爸!如果我唱歌跑调了,羽毛难看惹您生气,请千万不要因此责罚我的妈妈,不要让她代我受过。自然拒绝赋予我像您一样的好嗓音不是她的过错。您那漂亮的黄色的喙和时髦的黑色礼服,看上去就像是一位正在吃煎鸡蛋的财政大臣。如果我没有继承这些,如果我天生就是一个怪物,如果有人要因此受罚,就让我自己来承担这一切吧!"

"问题不在这儿!"父亲说,"是谁允许你用这种荒谬透顶的方法唱歌的?是谁允许你违背所有的传统和规矩的?"

14

"爸爸。"我低声下气地说,"我只是因为天气好觉得快乐,或者是因为一早吃了太多好吃的小虫子,心里高兴就不自觉地唱起歌来了……"

"我们家族里的人可没有这样唱歌的。"父亲怒不可遏,接着说道,"几百年来,我们都是父子相传。每当我的歌声在夜晚出现的时候,住在二楼的老先生,以及住在阁楼里的年轻店员们,都会打开窗子仔细聆听。但现在,你这身丑陋可恶的羽毛,难道不像是个涂了白粉的丑角吗?这副样子站在我面前,难道还不够我受的吗?如果不是因为仁慈,我早就把你的羽毛揪个精光了,你和后院那些等着被烧烤的小鸡有什么区别?"

我被父亲的不公激怒了:"既然如此,先生,也没有什么了不起的!我会离您远远的,再也不会让您看到我讨厌的白尾巴,省得您整天心烦。我走就是了,先生,走得远远的。其他兄弟姐妹们都会照料您的晚年的,我妈妈每年都为您生三窝小宝宝……我会远远地离开您,藏藏好,也许……"我哭了,"也许在邻家的菜园里能发现几条蚯蚓,或者在房檐下能找到几只蜘蛛,维持我这悲苦的生活。"

16

"随你便！"父亲听了我的话，非但没有心软，反而更暴躁了，"不要再让我看到你，你根本不是我儿子，你甚至连乌鸦都不算。"

"那么，请问先生，我是什么呢？"

"我哪儿知道，反正你肯定不是乌鸦。"

说完这句绝情的话，父亲就踱着步走开了。母亲抬起身子，神色凄惨，一瘸一拐慢慢地挪回到旧锅做成的窝里，小声啜泣着。

我又羞愧又伤心，尽了一切气力往高处飞去，如同说过的那样，落脚在邻居家的房檐上。

父亲不管不顾地让我在那片地方待了好几天。尽管上次他表现得很凶狠，但我知道他心地是柔软善良的，从他时不时瞥向我的目光里我知道他其实已经原谅我了。而我的母亲，一直眼巴巴地充满温情地望着我，有时甚至小声哀叫着呼唤我。

但是，我身上可怕的苍白颜色最终打消了他们的念头。无论什么解释都是无济于事了。

"我根本不是乌鸦!"我心中不停地念叨。的确如此,早晨我梳理羽毛,看着映在雨槽里的倒影,就得毫不含糊地承认,自己和家人确确实实没有丝毫相似之处。

我反复哀叹:"天啊!告诉我吧,我究竟是什么?"

# Part 2

一个大雨的夜晚，我满眼都是泪，正准备在伤心饥饿中睡去，忽而，一只几乎比我还要瘦小孱弱，毛色还要憔悴的湿淋淋的鸟儿飞落到我边上。他羽毛的颜色和我差不多，透过雨幕我看见他那比一只小麻雀还要稀疏的羽毛紧紧贴在身子上。或许他比我胖那么一点儿。乍一看，我们很像，都是缺衣少食、贫困潦倒的鸟儿。不同的是，他的脸上有一种特别的表情——在暴风雨肆虐中仍然高昂的额头上有一种凛然的气概，看得我羡慕极了。

我向他大大地行了个屈膝礼，他回转身的时候却差点把我挤落到了雨槽里。

他见我只是摇摇耳朵，歉疚地躲开，并没有以嘴还嚎，便问道："你是谁？"

他那略带嘶哑的声音，几可与那近乎光秃的头顶相媲美。

"大人，"我回答（出于担心受到再次攻击，我用词谦卑），"我自己也弄不清楚，也许是乌鸦？但人们都好像认定我根本不算乌鸦。"

我奇特的回答和诚恳的态度吸引了他，他靠上前，让我说说到底是怎么回事。我满怀忧伤地把自己的遭遇倾盘托出。

我讲的时候特别伤心，又特别谦卑，完全符合我的处境和恶劣的天气。

"如果你像我一样是只野鸽，"听我讲完，他说道，"你就根本不会为这些旁人的蠢话伤心烦恼了！出发远行吧，这才是真正的生活。当然，我们也有家——虽然我从来不知道自己的爸爸是谁，也不在乎这事。凌空而行，穿越天际，俯瞰脚下的山地森林和广袤平原，远离一切沉重污浊，呼吸天空最高处蔚蓝色的空气……如同百发百中的利箭一样地飞翔，这才是我们的乐趣所在，这才是我们存在的理由。我一天的行程，要超过一个普通人十年所走的路。"

22

PONPA, MONMA, PONPI

"我说，先生，"我鼓起勇气，"您是一只流浪的鸟儿吗？"

"这件事我同样不在乎。"他回答，"我居无定所，向来只关心三件事：旅行，我的太太，孩子们。她们在哪里我的家就在哪里。"

"您脖子上那个皱皱的像领结似的东西是谁替您系上去的呢？"

"这可是重要文件！"他昂首挺胸答道，"我要去布鲁塞尔。我要给那里的大银行家带个简讯，这条消息能让货币大大贬值。"

"好家伙！"我高声叹道，"您这种生活真美啊，布鲁塞尔！我相信，那一定是个非常有趣的城市，您可以带我一道去吗？既然我不能算作乌鸦，或许，我同您一样是只野鸽呢……"

"你要是野鸽的话，刚才我推你的时候你就会叨我一下子了。"

"既然您这么说，好吧，我现在就叨您一下。我们不要为这点小事影响了计划。瞧，天亮了，暴雨也平息了，请让我追随您吧。我困惑了那么久，已经是一无所有，如果您也拒绝了我，我大概只好把自己溺死在这雨水槽里了。"

"行！没问题，出发！紧紧跟着我飞吧！"

我最后望了一眼小花园，妈妈正在窝里睡觉……一滴眼泪从眼角滑落下来，但很快，泪水就被风雨卷走了。我展开翅膀飞起来。

# Part 3

我的翅膀刚刚经历了第一次褪毛,还不够强健。当我的向导像风一样舒展前进时,我只能气喘吁吁狼狈地跟在一边。开始的时候我飞得挺轻快,但没过多久,我的翅膀就感到了难以忍受的疼痛,我几乎要晕倒了。

"还要飞很久吗?"我有气无力地问道。

"不远了。"他答道,"我们到布尔热了,大概还有个 60 法里左右吧。"

我不想显出一副落汤鸡的样子,鼓足勇气勉勉强强又坚持了一刻钟左右,这下,我真的不行了。

"先生,"我结结巴巴地说,"能稍稍停一会儿吗?我渴得受不了,或者可以找个树枝……"

"见鬼去吧!你就是一只臭乌鸦!"野鸽怒气冲冲地嚷道。

他头也不回地径直飞去,风驰电掣般地继续赶路。看着他的背影消失在天空里,我一阵头昏眼花,扭头掉落到下面的麦田里。

不知昏迷了多久，我终于慢慢苏醒过来，耳边仍旧回响着野鸽最后愤怒的叫喊——

"你就是一只臭乌鸦！"他是这么对我说的。亲爱的爸爸妈妈，你们弄错啦，我要回到你们身边，你们得承认我是你们亲生的孩子，让我回到温暖的家里吧，睡在妈妈旧旧的窝下面，那一小堆松松软软的树叶上。

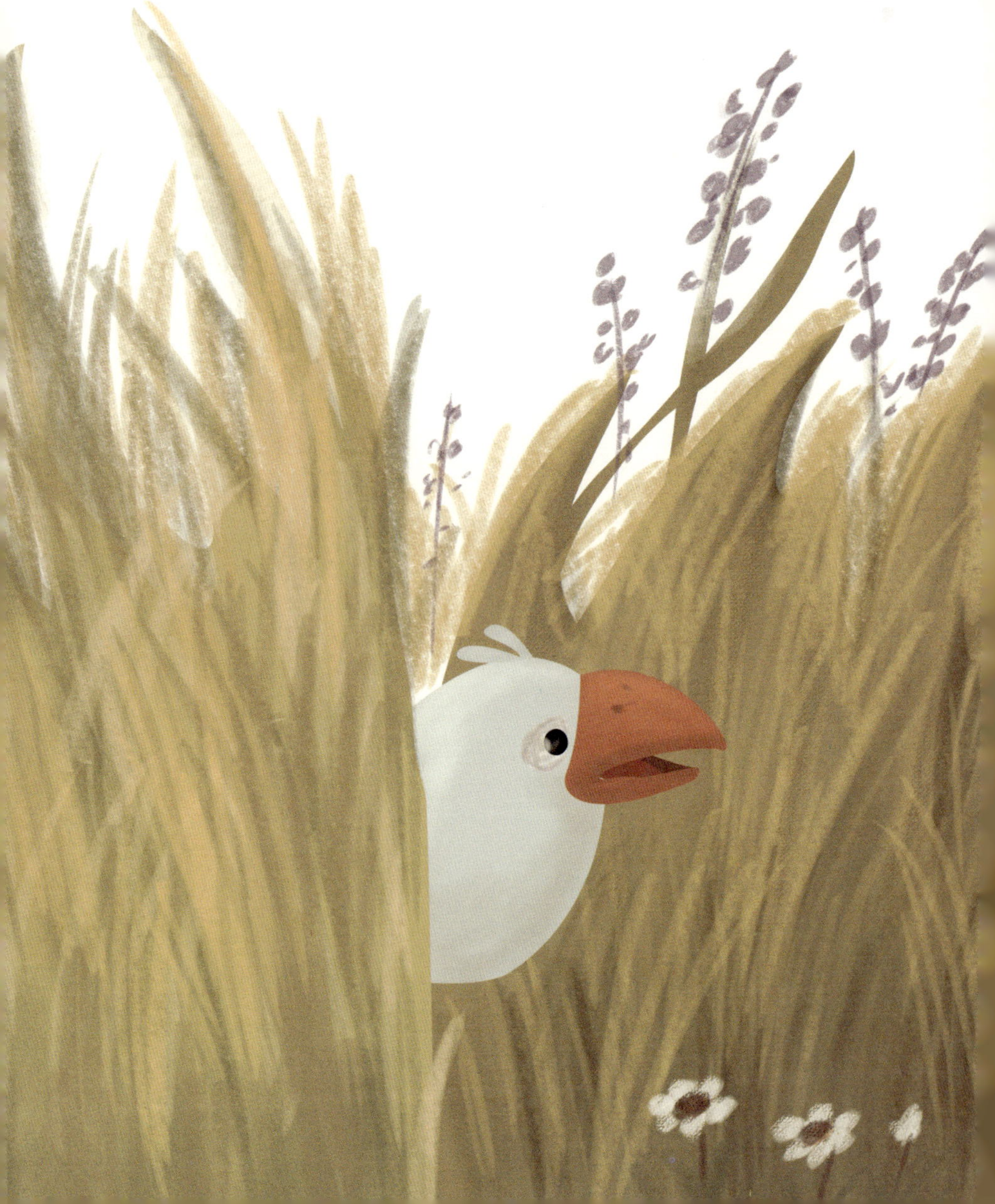

我使劲想站起来，但旅途的劳累和坠落的疼痛让我感觉就像四肢瘫痪了一样，动弹不得。我摇摇晃晃地试图支撑起身体，但立马就栽倒在地上。

我的心里开始生出对死亡的恐惧……

过了好一会儿，透过矢车菊和虞美人草的缝隙，越过自己的足尖，我看见有两只可爱的鸟儿向我走过来。一只是有着满身鲜明斑点，俏丽自负的小喜鹊，另一只是淡粉色的小斑鸠。

小斑鸠在离我几步远的地方停了下来，小心翼翼地看着我，眼神中满是羞涩和同情。小喜鹊却迈着曼妙的步子蹦蹦跳跳地靠近来。

"哦，天哪！可怜的孩子，您在这儿做什么？"她问道，顽皮的声音像银铃一样清脆。

"唉，侯爵夫人。"我回答道，"我是个可怜的旅客，向导把我丢在半路了，现在快要饿死了……"

"天啊，您这是说的什么呀？"

话音刚落，她就立刻忙碌起来，在周围的灌木丛上忽起忽落，飞来飞去。不一会儿，我的身边就垒起了一小堆浆果。她一边忙一边不停地提问：

"您是谁呢？您从哪里来？这样的冒险旅行简直太不可思议了。您想要去哪儿呢？年纪轻轻的就独自旅行！看得出您这才刚刚第一次褪毛呢。您的爸爸妈妈呢？他们是做什么的？他们在哪里？您怎么能够扔下他们独自出来呢？想想都可怕！"

在她说话的工夫，我欠起身子，大吃一通。

小斑鸠一直在旁边安安静静地看着我。当她看到我勉勉强强地用力在吞咽时，马上就明白我是口渴了。昨晚落下的雨滴还停在枝叶上，她用喙小心翼翼地接下来，转头怯生生地送到我嘴边。当然了，她这么矜持娇贵的鸟儿，如果不是见我病得这么重，绝不会做出如此举动。

我还不知道什么是爱情，只是，我的心怦怦狂跳不已。我被两种不同的感情同时支配着，被一种难以言传的魅力所迷惑。我变得这样快乐，内心膨胀着甜蜜，希望这场午宴永远不要散席。

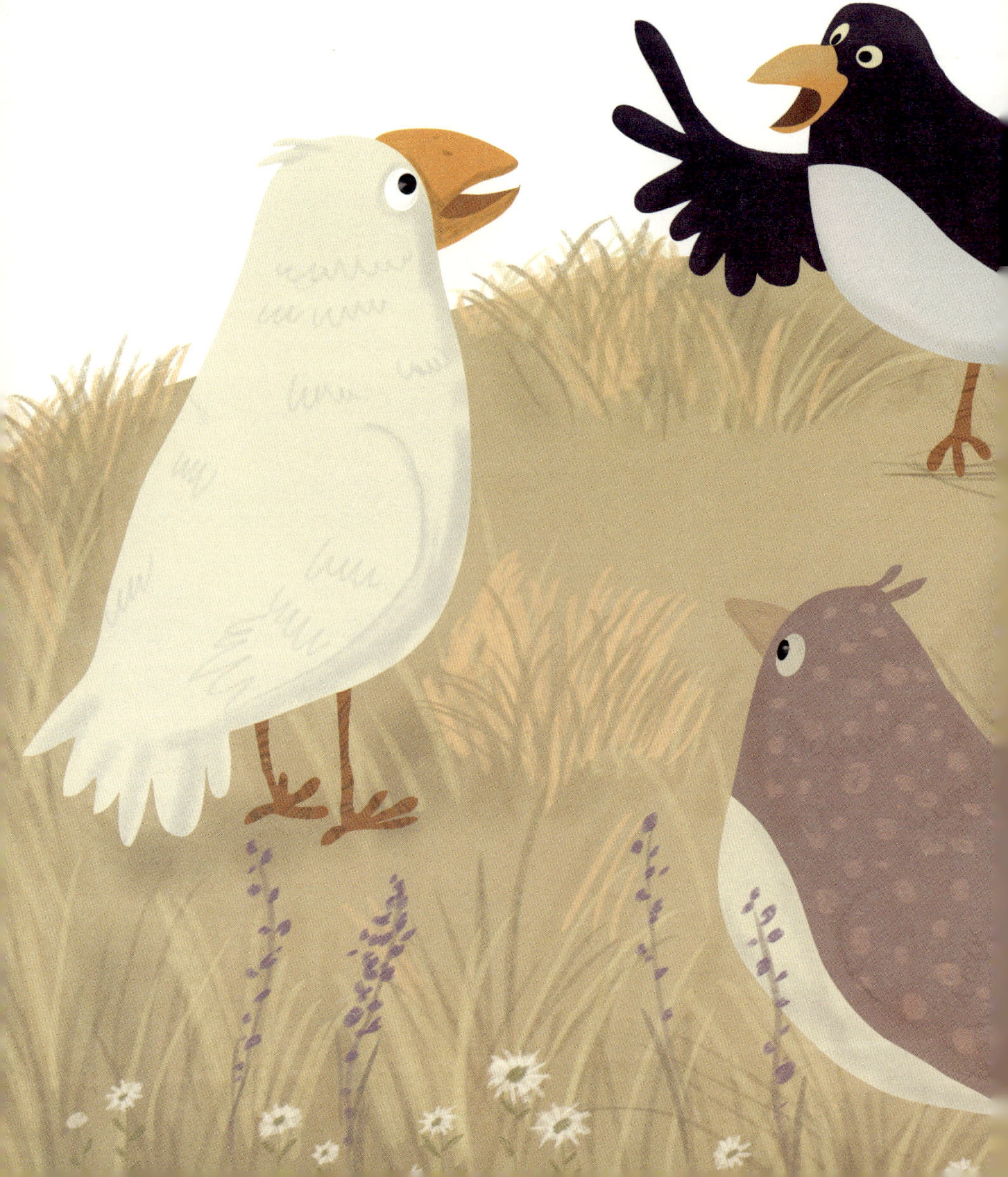

只可惜，万事都有始有终，一个身体复原者的惊人好胃口也不例外。

午餐结束，我又浑身有劲了。为了满足小喜鹊的好奇心，我向她倾吐了以往的不幸经历，以及我曾经虔诚地跟随野鸽步伐的点点滴滴。小喜鹊听得全神贯注，一旁的斑鸠也被深深打动了，表现出由衷的同情。最后，我触及到了问题的关键，我的痛苦根源——我还不知道自己是谁。

"您这是在开玩笑吗？"小喜鹊高声说道，"您，乌鸦？鸽子？算了吧，您是只喜鹊！货真价实的喜鹊！可爱到极点的喜鹊呀！"说着，她用翅膀轻轻拂了我一下。

"但是，侯爵夫人，"我回答，"若是一只喜鹊的话，我这身颜色未免……请别见怪……"

"俄罗斯喜鹊！亲爱的，您是一只纯种俄罗斯喜鹊。还不知道吧，俄罗斯喜鹊都是白色的呢。可怜的孩子，您还太小，还不懂这些。"

34

"夫人，我怎么会是俄罗斯喜鹊呢？出生在巴黎的俄罗斯喜鹊？在玛黑区的一个破锅里度过童年的喜鹊？"

"好孩子，您当然是被不小心遗落在那里的。亲爱的，您真的以为那是您的家吗？相信我，我这就带您去瞧瞧世界上最美妙的一切。"

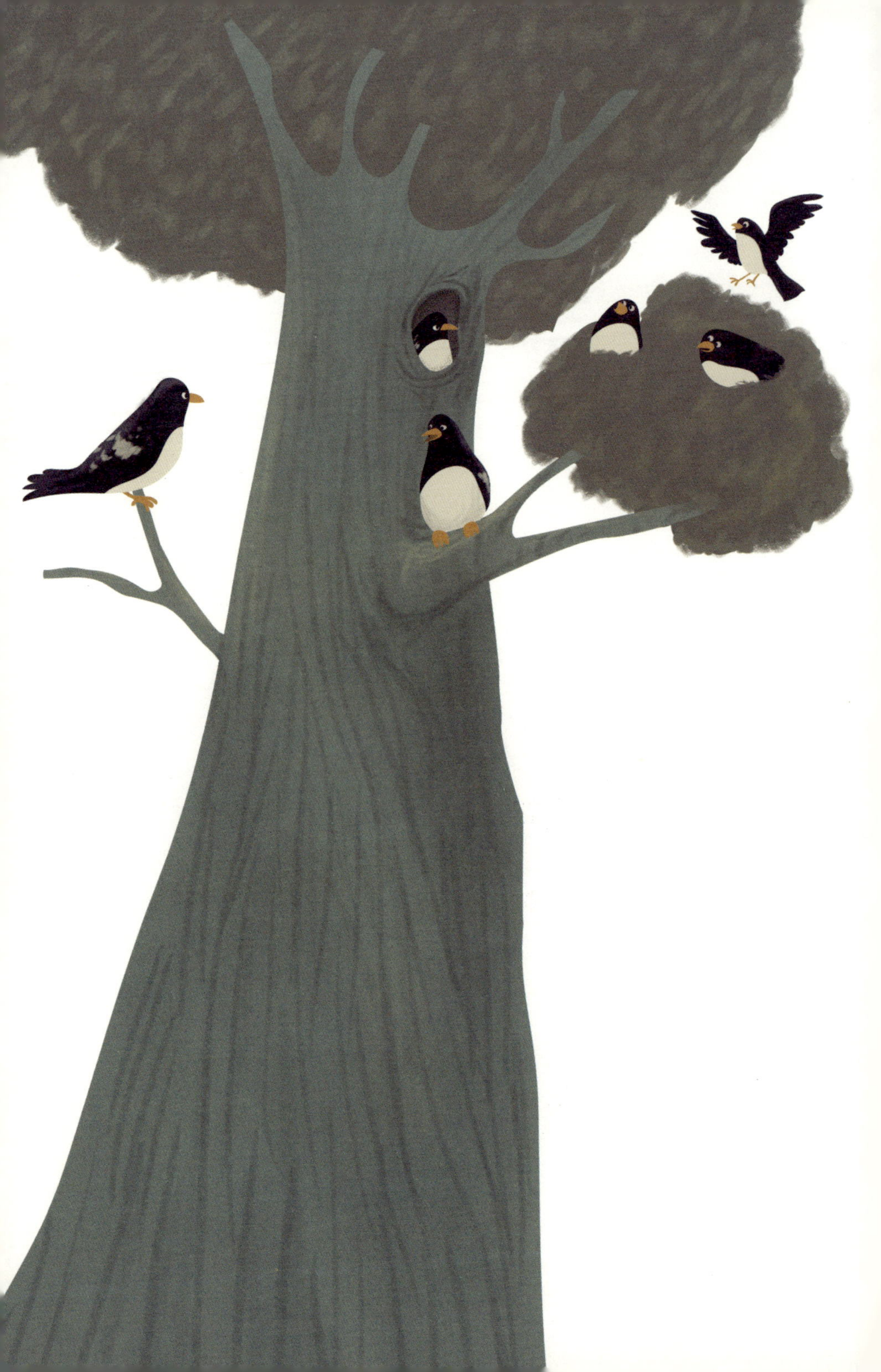

"去哪里呢，夫人？"

"去我的绿色宫殿，可爱的小家伙。您会看到那是一个多么奇妙的地方。在那儿待上一刻钟，您就再也看不上其他任何地方了。在那儿，我们起码有上百个居民。不是那种住在林子里在大路上乱走乱跑乞求施舍的大喜鹊，我们高贵善良，品行优秀，个个身材苗条，活泼机敏。我们身上都不多不少的有七个黑斑点和五个白斑点，这是我们的标志，我们从来不把其他喜鹊放在眼里。确实，您缺少这样的标志，但您的俄罗斯血统足以得到大家的认可。我们的生活里只有两件事：梳妆和唱歌。从天亮到正午，我们整装梳洗；从正午到天黑，我们练嗓唱歌。每位居民都尽可能地挑选一棵最高大最古老的树木作为栖息地。在森林的正中央，有一棵无比巨大的橡树，唉，只是现在没有人住了。那里曾经是先父国王的故居，我们有时会前去朝拜，一边祭礼一边叹叹气。除了这个小小的忧伤之外，我们的日子过得快活极了。太太们既不假装正经，先生们也从不莫名嫉妒，我们的快乐是纯洁而真挚的。虽然有时我们的话语欢快、略带放肆，但我们内心是纯真的。当然，我们也是无比骄傲的，如果有一只松鸡或野鸭胆敢闯入我们的领地，我们会毫不留情地痛击一番。尽管如此，对于那些无意中飞临我们领地的好人，那些生活在附近矮树林里的候鸟——蓝山雀、金翅雀，我们总是毫无保留地帮助他们：给他们食物、给他们庇护。至于那些闲言碎语啊、嚼舌啊，随便哪儿都不会比我们那儿更少见了。我们那儿也有虔诚的老喜鹊，终日念经。但是，就是最轻佻的小喜鹊从她们面前走过，也不会担心受到责备。总而言之，我们的生活讲究欢乐、名誉和荣耀。"

"这些画面实在太美了，夫人。"我诺诺地说，"听了您的话，若还是不遵从吩咐的鸟儿简直就是大笨蛋了。在有幸跟随您之前，请您允许我向身边这位小姐说上几句话好吗？"

"斑鸠小姐，"我对小斑鸠说，"请您坦率告诉我，您真的也认为我是一只俄罗斯喜鹊吗？"

听到这个问题，小斑鸠垂下头，脸颊顿时涨得通红，好像罗洛蒂的绯色花边缎带一样。

"可是，先生，"她说道，"我不知道是不是可以……"

"看在老天的份上，请说吧，小姐！我绝不想故意冒犯您，恰恰相反，你们两位都是这么温柔可亲，一旦弄清楚自己究竟是喜鹊还是别的什么，我发誓我会全心全意把自己献给你俩中愿意接受我的那位。"我望着她，轻轻压低了声音继续说，"我感觉自己身上有种说不清的属于斑鸠的天性，搅得心绪特别不安……"

"但是，先生。"斑鸠依然涨红着脸，"嗯……不知道是不是因为阳光透过虞美人映在你身上的缘故，您的羽毛上好像有一种淡淡的色彩……"

她不敢再说下去了。

我究竟该怎么做呢？……我应该相信你们中的哪位呢？我的心都快被撕裂了。苏格拉底在说"要认识你自己"的时候，他肯定想不到会有这么难办吧……

39

自从唱了那首倒霉的歌激怒了父亲那天开始，我就不歌唱了。我突然想到，这或许是个不错的方法，何不用歌声来辨别一下，证明我到底是不是一只喜鹊。

既然我父亲刚听了一句，就把我扫地出门了，那我唱不到两段，就应该会看到两位小姐有什么反应啦。

我躬身施了一礼，请求两位听众多多包涵。

清了清之前因为淋雨而有些沙哑的嗓子，慢慢地发出几个低音，继而转出几个花腔，最后终于放声歌唱，如同赶骡子的西班牙人那样迎风吼叫。

起初，小喜鹊好似受到了惊吓，向后面跳了跳。渐渐，她脸上流露出深深失望的表情。她绕着我飞旋了好几圈，试图辨认这种歌声，就好像一只猫挨了烫又想吃，围着一块刚刚烧好的大肥肉转悠似的。

看着试验的效果，我还是想着要坚持到底。可怜的侯爵夫人越是显得不耐烦，我越是扯破了喉咙大声歌唱。

她坚持了大概 25 分钟，终于忍耐不住，拍拍翅膀扭头离开了。

至于小斑鸠，几乎从一开始，她就酣然大睡了。

多么出色的效果啊，我黯然想着……玛黑，幼年的摇篮，我多么想回到从前。

当我心灰意冷正准备离去的时候，小斑鸠睁开了眼睛。

"别了，特别可爱又特别令人厌倦的异乡人，我叫咕噜莉，请记住我。"

"美丽的咕噜莉，您善良又温柔……真希望能和您永远在一起，为您生，为您死。如果我像您一样，拥有如此轻柔的玫瑰色……但我没有这样的福气。"

# Part 4

44

放声歌唱带来如此可悲的效果,我伤心不已……唉,音乐?诗歌?谁会懂得我的伤心呢……

我回转身向着巴黎飞去。

为着自己的伤心出神时,我一头撞上了一只迎面飞来的鸟儿。突如其来的粗暴的冲击力让我们两个都跌落了下去,幸运的是,一棵树的树冠托住了我们。我摇晃几下脑袋清醒清醒,一边望向这位不速之客。在等着他向我发怒时,我惊奇地发现他的羽毛竟也是白色的。

事实上,他的头仅比我大一丁点儿,头顶有一撮毛,姿态雄壮,又有点滑稽;尾翼粗壮,翘得高高的,天生一派宽宏大量的领袖气概。

他看上去倒是没有着急发火,似乎也不准备与我战斗。在彬彬有礼的相互道歉后,我尝试着问他的名字、来自哪里。

"真奇怪，你居然不认识我？！难道我们不是同类吗？"

"老实说，我确实不知道。我甚至不知道自己属于哪个种类，几乎所有人都问我同样的问题，可能大家都在打赌吧。"

"您在说笑话啊。"他反驳道，"您的羽毛特别合身，我眼光向来不错，您准是我们的伙伴。毫无疑问，您属于高贵可敬的白鹦鹉，拉丁文称 cacuata，学名 kakato è s，俗名 catacois。"

"天啊，有这个可能。如果真是那样，这将是我的莫大荣幸。您尊姓大名？"

"卡卡托冈，大诗人卡卡托冈。"陌生的鸟儿响亮地回答道。

"我远游多年，历尽千辛万苦。我作诗已非一日，曾为国王路易十六吟唱，也为共和国的建立欢呼过；我在帝国的筵席上献过唱，也曾悄悄地支持过国王复辟。近来我也没有放弃努力，跟上这个没有审美观的时代的要求，为这个世界献上辛辣的两行诗、庄严的颂歌、美妙的抒情诗、虔诚的哀歌、长折大戏、短篇小说、扑粉的滑稽歌剧和秃顶的悲剧。

"总而言之，我可以夸耀地说，我为缪斯神庙增添过几桌文雅的酒席，几处朦胧的齿形装饰，以及阿拉伯式的巧妙装饰图案。有什么办法呢？我已经老了。不过，先生，我作起诗来还是精神头儿十足。正如您所见的，刚才我正在构思一首不下六页的长歌行，不料脑门儿给您撞了个大包。这个就不必再说了，如果能帮上什么忙，我愿意为您效劳。"

"真的吗？卡卡托冈先生，您可以帮我吗？"我连忙道，"您瞧，我正处于尴尬的、贫瘠的困境中。我不敢说自己是一个诗人，更不敢说是您这样的大诗人。"我向他鞠了一躬，又补充道："但，我天生一副嗓子，当我觉得兴奋或忧伤的时候，嗓子眼儿就发痒了。实话实说，我根本就不懂诗歌的写作规则。"

"那些规则，我早就已经抛到脑后了。"卡卡托冈说，"完全不必为这个担心。"

"但是，我还遇到了很糟糕的事……我的声音对听众所产生的效果……一个类似叫若望·德·尼维勒的声音对……您明白我的意思吗？"

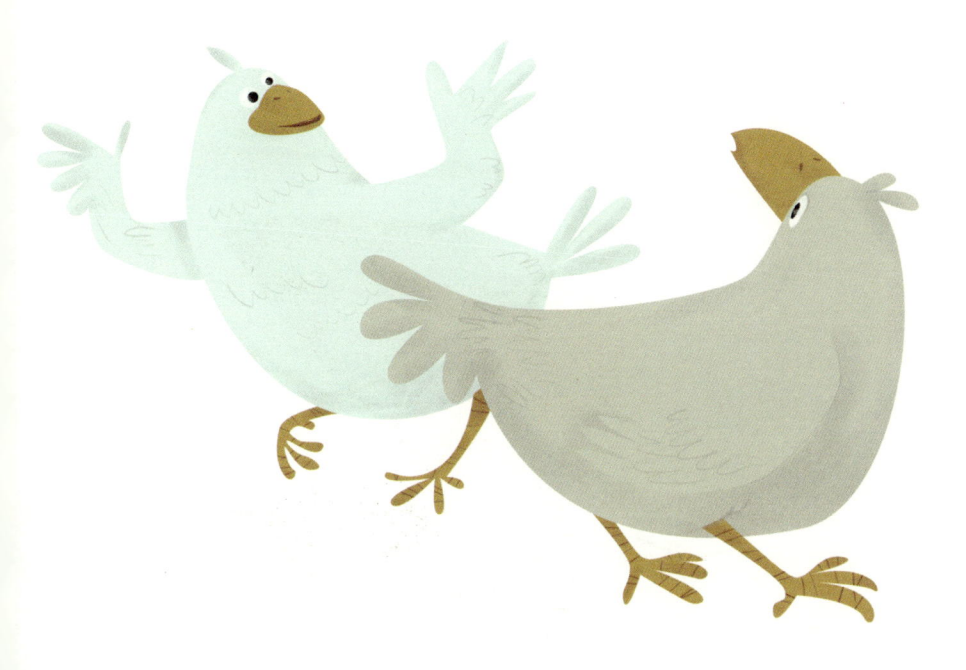

48

"我很明白。"卡卡托冈说，"我了解你说的这种奇特状况，其效果是毋庸置疑的。"

"嗯！先生，您是诗坛里的前辈圣贤，您肯定知道，求求您，有什么方子可以治疗这种障碍呢？"

"太难了。"卡卡托冈说，"就我个人而言，我始终没能找到这种奇怪障碍产生的原因。年轻时我常常陷入痛苦，人们总是对我吹口哨，喝倒彩；现在嘛，我早已不再去想那些了。我认为这种反感或许是出于另一种原因：以前歌唱的都是别人的东西，而不是我们自己的原创作品。"

"我和您想的一样！可是先生，您得知道，我刚刚做出一个善意的举动，就把所有人都吓跑了，这多令人懊丧啊。您愿意听一听我的歌唱吗，然后坦率地告诉我您的意见吗？"

"当然没问题。"卡卡托冈说道，"我洗耳恭听。"

我立刻唱起来。我好高兴看到卡卡托冈先生既没有表现出厌倦也没有睡着。他目不转睛地盯着我，不时赞同似的点点头，低声赞叹着。

50

然而，很快，我就发现了他并没有在听，他只是在那儿构思自己的诗歌。

趁我换气的间隙，他突然插话道："这个韵脚！我还是找到啦！"他微笑起来，轻轻摇晃着脑袋，"这是我脑袋里出现的第 60714 个韵脚！居然有人说我老了！哈！我要为好朋友朗诵这首诗，嗯，要大声朗诵，走着瞧吧！"

说着说着他就飞走了，仿佛根本不曾遇见过我。

# Part 5

留下孤单的我，心里满是失望。

趁天还没有黑下来，赶紧飞回巴黎吧。糟糕的是，我还不认路。在同野鸽一起的旅行里，我实在太疲倦了，根本没留下对路线的准确记忆；我偏离了直行的路线，往左绕到了布尔热。夜幕降临，我不得不在莫特枫丹的树林里寻找栖身之所。

54

抵达的时候，那儿的居民都已经早早睡下了。众所周知，喜鹊和松鸦睡觉最不老实了，到处都是它们吵吵闹闹的声音。灌木丛中栖息的麻雀们叽叽喳喳，你挤我我推你。两只苍鹭支着长腿，在池塘边严肃地散着步，一副居家哲学家冥思苦想的样子。

大个头的乌鸦差不多都睡着了，沉重的身体压在高高树枝的顶端，时不时发出喃喃呓语。下方的矮树林里，一对山雀互相扑扇着翅膀，追逐嬉戏。一只绿啄木鸟正从身后推着她的伴侣，要把他推进一个树洞里。

从田野归来的一群群树麻雀，在空中飞舞，宛如一股股炊烟，冲上一丛灌木，密密麻麻覆盖了一层。还有一些燕雀、鸫、红喉鸟，三五成群，轻轻栖在错落的枝上，如同彩灯上的水晶玻璃。

各处回荡着呼唤的声音："快点，太太！……快点儿，丫头！……我来了，亲爱的！……晚安，我的爱人！……朋友们，再见！孩子们，好好睡觉！"

56

对一个单身客来说,应该很容易就能在这儿找到栖身之处。我打算着加入那几只同我个头相仿的鸟儿行列,请求他们容我留宿。"天黑了。"我想,"所有的鸟都是灰色的啦,规规矩矩睡在他们边上应该没问题吧。"

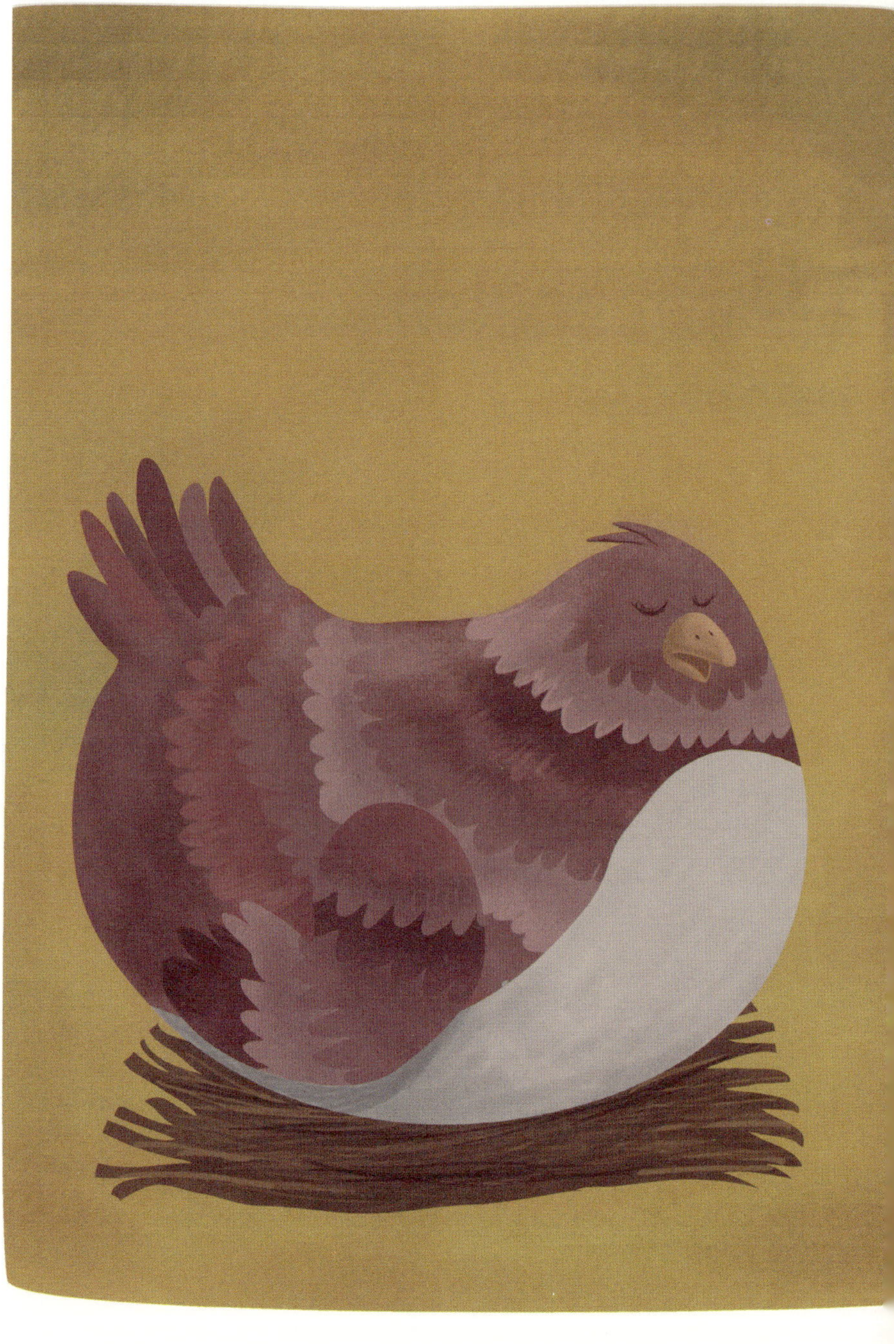

我先是朝一条小水沟飞去。那里聚集着一群斑鸠，他们正仔仔细细地整理着晚妆。我发现他们大多数都有着金色的翅膀和光洁的小爪：他们似乎是这片森林里的上等居民，受过高等教育，礼貌而谨慎，不会提任何失礼的问题。但他们之间言语的空洞乏味也很惊人，在彼此赞誉有加的礼节中，我有点坚持不下去了。

　　我望见不远处一根大树枝上栖息着六七只不同种类的鸟儿，便飞过去。我谦卑地停在枝杈的末端，希望得到他们的容纳。但不幸的是，我的旁边是一只年老的雌鸽，她瘦骨嶙峋，活像一个生锈的风向标。当时我靠近的时候，她正在护理自己稀疏的羽毛，装作梳理，其实是在一一点数，生怕弄掉一根。我的翅膀尖刚刚碰了她一下，她便凛然挺直了身子。

　　"哎呀呀，亲爱的先生，您这是做什么呢？"她抿了抿嘴，刻意摆弄出一副英国式的腼腆。她猛地抬起翅膀，把我从树梢上推了下去。

　　我掉进了一株石楠丛。一只胖松鸡正在里面酣睡着，她是那么圆圆胖胖的，安稳极了，真像一只皮儿已经吃掉了的大肉馅饼。我从来没见过自己母亲有过这种富足快乐的表情，甚至在她最舒畅的时候。

　　我悄悄地溜到胖松鸡边上。

60

"胖妈妈不会醒的……"我自言自语道,"不管怎样,这样一个胖胖的好妈妈不会很凶的吧。"

她的确不凶,只微微抬了抬眼睛,轻轻叹了一口气:"你妨碍我了,孩子,走开吧。"

恰巧这时,我听见了呼唤的声音:"我们是花鹤,在花楸顶上,过来吧。"

还是有好心肠的鸟儿的。我赶紧向着她们飞过去。

她们叽叽喳喳笑得前仰后合,好不容易给我让出了一个空位,我敏捷地钻进她们软软的羽毛堆里。然而不久我就发现,这些女士们一定是吃了太多的葡萄,以至于失去了基本的判断力,她们栖息的那根枝杈已经弯曲得很厉害了。她们的玩笑开得太粗俗了,笑声又太尖锐,我忍了一会儿还是逃开了。

62

"只有我，这个世界唯独不允许我快乐过活。"我大声叹息，"走吧，逃离这残酷的世界……与其看着别人开开心心，不如在黑暗中寻找我自己的道路。哪怕被猫头鹰吞掉，也好过让自己心碎……"

一面这么想着，一面胡乱飞了好一会儿。

在天光渐亮的晨曦中，我瞥见了巴黎圣母院的钟楼！根本不用费劲看，很快就认出了自己的家。我使劲扇动翅膀加快速度……那里竟然空空如也。我徒劳地呼唤着爸爸妈妈，可没有应答。爸爸常常栖息的那棵大树，童年的灌木丛，亲爱的旧锅……所有这一切统统不见了，所有的，全都消失殆尽了，被大斧子砍得干干净净。我出生的绿色小径，而今只剩下一捆捆木头。

Part 6

我飞到周围的花园里寻找爸爸妈妈……他们可能到远处避难去了,我再也得不到他们的音信了。

悲伤的感觉席卷了我。

我蜷缩在屋檐下的雨槽里——这里,就是在这里,我爸爸曾经大发雷霆……

痛苦不舍昼夜,饮食俱废,哀痛几乎要把我压垮了。

有一天,我像往常一样沉浸在哀伤中:

"这么说来,我既不是乌鸦,因为父亲曾经大发雷霆;当然更不是鸽子,因为在飞往布鲁塞尔的中途我就掉了下来;不属于俄罗斯喜鹊,因为我的歌声让年轻的喜鹊捂住了耳朵;也不是斑鸠,因为连最好心的咕噜莉,听着我的歌声,也打起鼾来;我不是鹦鹉,卡卡托冈根本不屑于听我吟唱……我什么鸟儿也不是,在莫特枫丹,大家伙儿都对我不理不睬。然而,我身上已经开始有了比较体面的羽毛,脚爪光洁,翅膀轻盈,到底是什么地方让我看起来像个怪物呢?!咕噜莉可以作证,还有小喜鹊,都能证明我还是可爱的。我这身令人费解的白色羽毛,羽翼和脚爪,竟都无法为我构造出一个正式的名字……"

66

就在这当口,我的自怨自艾被街上两个女房客的争吵打断了。

"该死的!"其中一个对着另一个大声嚷嚷,"如果你真能做出点什么,我就送你一只白乌鸦!"

"天啊!"我叫道,"这不就是了么,这不就是谜底嘛!我是乌鸦的儿子,我的羽翼是白色的——当然了,我就是白乌鸦!"

68

必须承认，这一发现迅速扭转了我的思路。在屋檐上自命不凡地昂首阔步替代了之前喋喋不休的抱怨，我开始以胜利者的目光注视这个世界。

"白乌鸦可不简单呢。"我心中暗道，"这可不是每天都能遇到的事！毫无疑问，我是这个世界上独一无二的。我碰不到同类，也许是该伤心，但这就是天才的命运！我的命运！我起先光想着逃走，现在我要让这个世界大吃一惊。没有任何一只鸟能质疑我的独特，只有凤凰能与我比肩，其他一切都是浮云。我必须去买一些阿尔菲耶里·维托里奥的自传和拜伦爵士的诗集，这些精神食粮会让我拥有贵族般的非凡气质。出生地算什么，大自然赋予了我罕见的外表，而我，则要赋予自己高深莫测的神秘使命。今后，谁要是能见到我，都会是大大的荣耀，要引以为荣！"

"对了，"我压低嗓音补充道，"如果为财富出场呢，那会怎么样？"

70

呸，多么卑劣的念头！我只想成为卡卡托冈那样的诗人，不是写那种小歌词，而是像所有伟大的人一样，写出真正的二十四行诗；这还不够，要写四十八行，带注释和后记！必须让全宇宙知道我的存在。我不会忘记那曾经的孤独和悲伤，那些忧郁的时光会让现在变得更加快乐。

我要证明，除了我吃的葡萄，其他葡萄都太酸了。

夜莺只会老老实实地发呆。我要像2加2等于4那样明确指出，他们的咏叹调让人心里难受，他们的歌声一文不值。

我要去找夏庞蒂埃，首先创立一个强大的文学地位，雄霸诗坛。我周围要聚拢着一大批人，不仅有记者，还有名副其实的作家，甚至还有那些女作家。

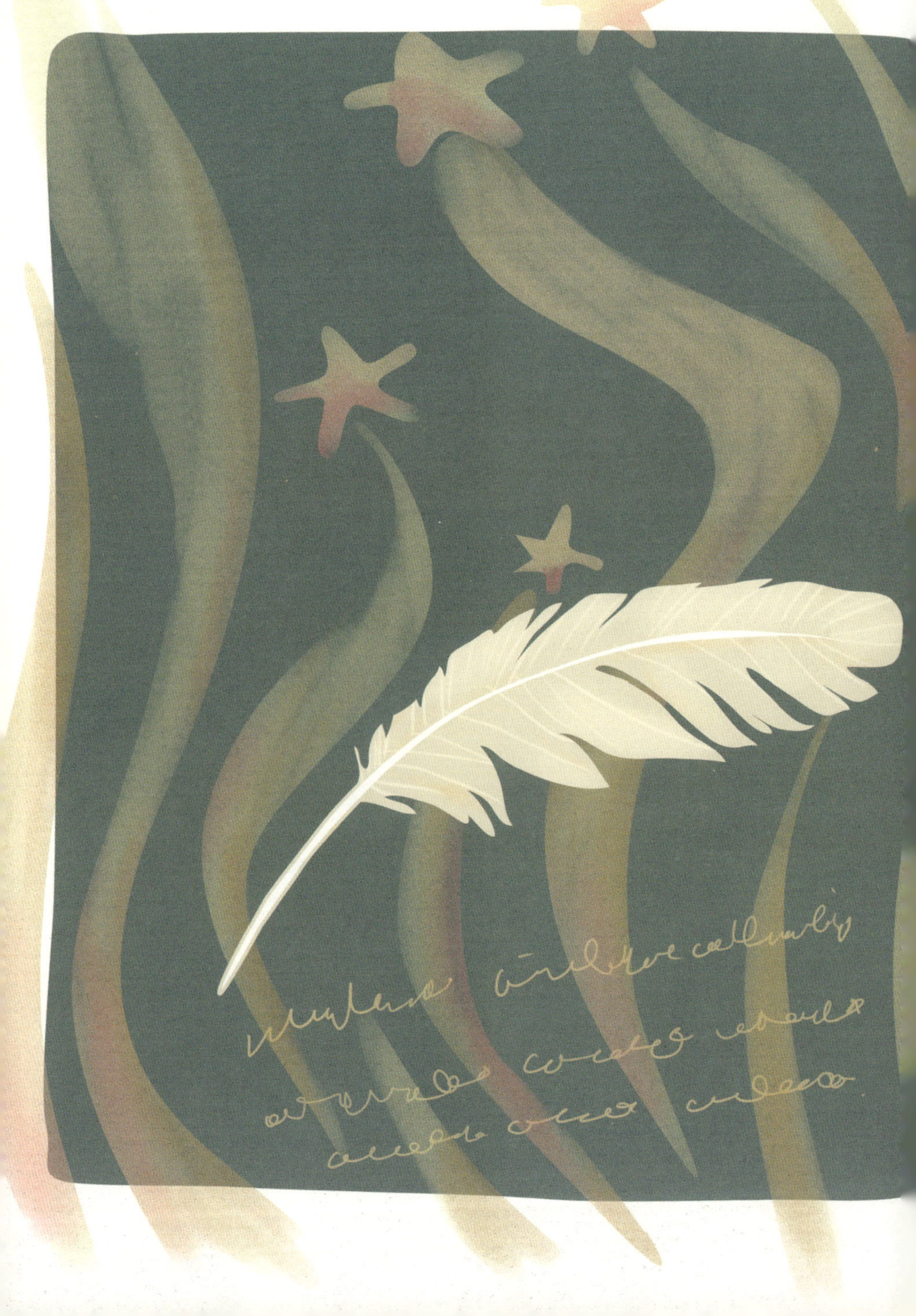

我要为雷切尔小姐创作一个角色，如果她拒绝扮演，那我就大张旗鼓地宣传，说她的演技还远远不如一名外省的年迈演员。

我要去威尼斯，在大运河边，在那仙境般的城市的中心，每天花上4里弗10苏，住在莫切尼戈府的豪华大饭店里。

拜伦的灵感一定还丢在那里，我要把它们变成我的。我还要模仿斯宾塞的诗节，从我的独处中，抛出大量交叉押韵的诗歌，势如洪水淹没世界，以安慰我这伟大的灵魂；我要让所有山雀叹息，让所有斑鸠后悔，让所有猫头鹰痛哭。至于我本人，我要表现出冷酷无情，对爱情无动于衷。别人怎么恳求哀告也是枉然，我不会怜悯被我绝妙的诗歌迷惑的不幸者，只用这样一句话打发："见鬼去吧！"名扬四海啊！我的手稿将按黄金的分量出售，我的书籍要远涉重洋；我走到哪里，荣誉和财富就跟到哪里；我落落寡合，仿佛不在乎簇拥在我周围的人群的窃窃私议。总之一句话：我将是个完美的白乌鸦，一个怪诞的真正的作家，受人恭维、爱戴和敬佩，也惹人眼红，但又绝对是个爱发脾气和令人难以容忍的家伙。

# Part 7

不到六个礼拜，我的第一部作品就问世了。正如我保证过的，这首诗有四十八章，由于所写的内容异常丰富，难免有所疏漏，但是我觉得，今天的读者应该是看惯了那些小报上的简单文学，不会责怪我的。

76

我取得了无愧于我的成就，也就是说无与伦比。这部作品所写的对象，无非是我本人：我这样做是顺应当代的伟大时尚。我沾沾自喜地叙述自己经历的种种痛苦，举出无数引人入胜的细枝末节；至少用了十四行篇幅来描述母亲做窝的那只旧锅：——计数锅上有多少纹糟、多少破洞、多少鼓包、多少裂片、多少斜纹、多少钉子、多少污迹、多少色调、多少倒影；重重描绘了里面、外面、边沿儿、底部、侧面、斜面、平面；进而描绘窝里的情景，研究里边的草茎、秸秆、枯叶、小木块儿、小石子儿、雨滴、苍蝇残骸、断了腿的五月金龟子……总之，这些细节的描写非常迷人。但不要以为我会把看到的所有细节都写进去，没有耐心的读者会大段跳过去的。我会将这首诗巧妙地切成小块儿，打乱叙述的顺序，以便一节一行也不漏掉，等读者看到最有趣最富戏剧性的地方，就猛然和第十五页处描述破锅的篇章再次呼应。以我之见，这就是艺术的巨大奥秘，而我将毫不吝啬地揭示出来给随便什么人借鉴。

我的书一出版，就轰动了整个欧洲！

在出版的书里，我不仅罗列了自身的所有事实，还细细描述了从出生 2 个月开始做过的所有的白日梦，甚至在最美妙之处，插入一首我在蛋壳里作的颂歌。当然，我并不排斥那些宏大的主题，人类的未来，等等。这些主题似乎很有趣，我要想想，趁着闲暇，制定一个解决方案，以便让大家都满意。

每天我都收到人们的赞美诗、祝贺信，甚至匿名情书。至于拜访者，我严格遵循自己的计划，对外界——我的房门永远是关闭的。

但是，有一天，我不得不接待两位外国客人，分别来自远东和非洲。这两只乌鸦声称和我的父母同种。

"啊！先生，"他们边说边紧紧拥抱我，勒得我几乎喘不上气，"您真是一只伟大的鸟儿。您的诗句色彩绚丽，准确地描述了被埋没的天才的深深的痛苦。如果不是经历过类似的误解，我们也不会有如此切身的感受。我们同情您的痛苦，以及您对低俗的蔑视。您歌唱的一切，我们多么有同感啊，先生，就好像我们读懂自己的秘密。这是我俩写的两首十四行诗，两首诗相辅相成，请您赐教。"

"此外，"来自远东的乌鸦谦虚地说道，"还有这支乐曲，是我太太根据您的一段序言创作的，完美地体现了您的创作意图。"

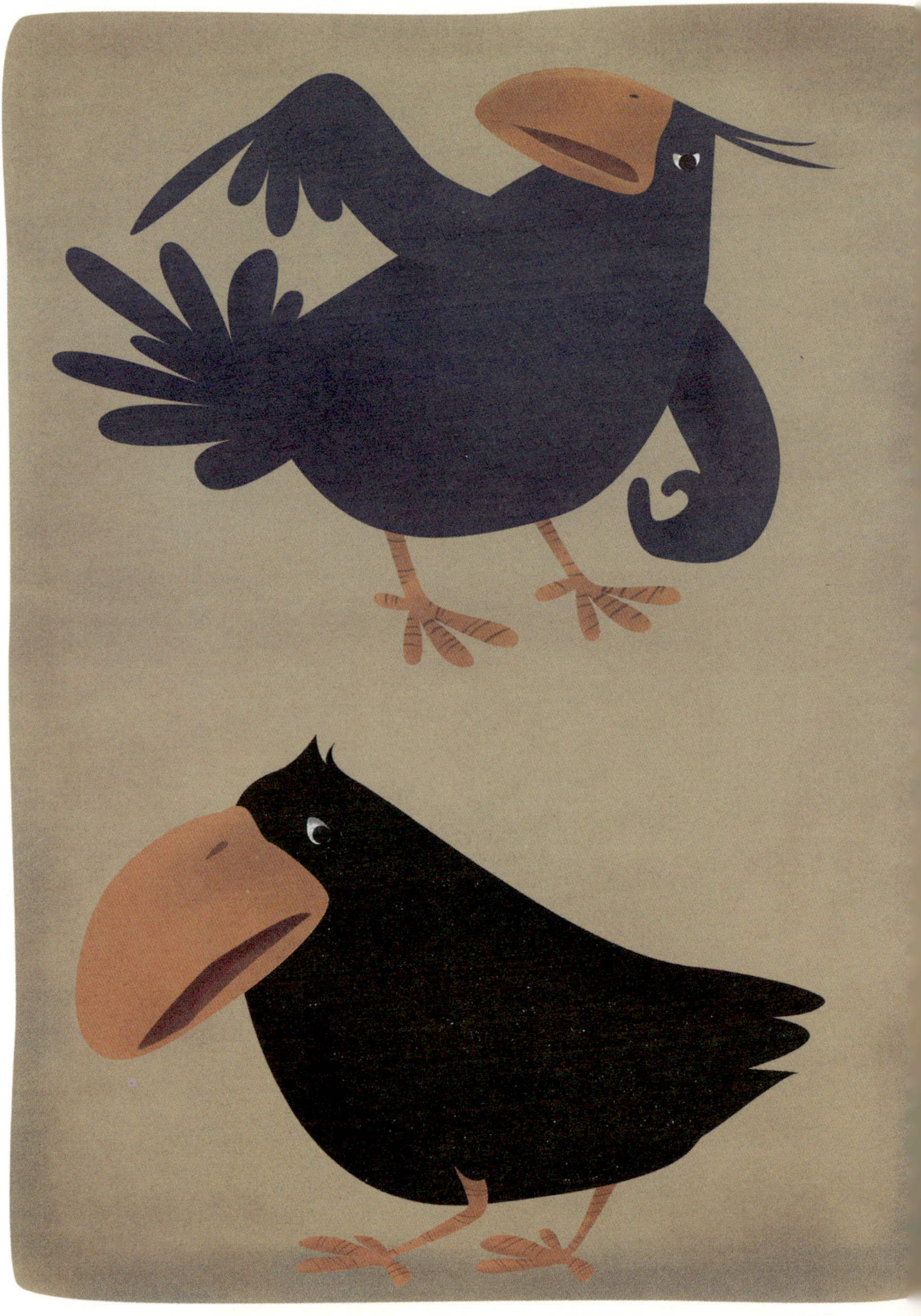

"先生们,"我说道,"我可否由此判断,你们心怀善意,内心充满光明。不过,恕我冒昧提个问题,你们内心的忧郁所为何来?"

非洲乌鸦立即答道:"唉,先生,瞧瞧我这身材吧,我的羽毛,说真的,还过得去,但这种光鲜的绿颜色本应该是属于野鸭的吧;我的喙这么短,脚掌又那么大,再看看,我的尾巴长成什么样子了?!我的身长还不到尾巴的三分之二,这些都是魔鬼的礼物吧。"

"而我呢,先生,"远东来的乌鸦接着讲道:"我的不幸更是令人难以忍受。我的同伴甚至都能用尾巴扫大街了,而我的尾巴却是光秃秃的,连顽童都嘲笑我。"

"先生们,我向二位表示由衷的同情。拥有过多或太少都令人恼火。但,请允许我告诉你们,在隔壁植物园里有好几位同你们一样境遇的伙伴们,它们被制成标本,安安静静地待在那里很久了。作为诗人,仅仅打打字是远远不够的。同样,一只鸟儿如果只是成天发泄不满,他也成不了天才。作为族群的异己者,我一直都很伤心,或许我很固执,但这是我的权力。我是白色的,先生们,只有切身体会才能懂得其中的奥妙。"

Part 8

尽管我已下定决心，处处表现得镇定自若，但内心深处我仍是不快乐的。我的荣誉似乎并没有减轻我的烦恼，想到自己可能会一辈子独自生活，就不寒而栗。尤其到了春暖花开的季节，我更是寂寞得要命……直到有一天，一个意外情况彻底改变了我的生活。

84

毋庸置疑，我的作品已经跨过了英吉利海峡，到了英国。在那个地方，他们把弄不懂的所有东西，都设定成了高级物品。

一天，我收到一封来自伦敦的信件，署名是年轻的乌鸦小姐。

"我读了您的诗，"她在信里写道，"敬佩之情油然而生，我决意要和您一起生活，我们是天造地设的一对！我同您一样，也是一只白乌鸦！……"

你们可以猜想到我的惊喜——一位白乌鸦小姐！我自言自语道，真的有这个可能吗？若那样，我就再也不会形单影只了……我毫不迟疑地回复了这位小姐，明确采纳了她的建议，催促她尽快来巴黎，或者允许我飞去英国见她。她回答说更愿意她自己过来，她的父母教条繁琐、令人厌烦，她会尽快整理行装来与我会面。

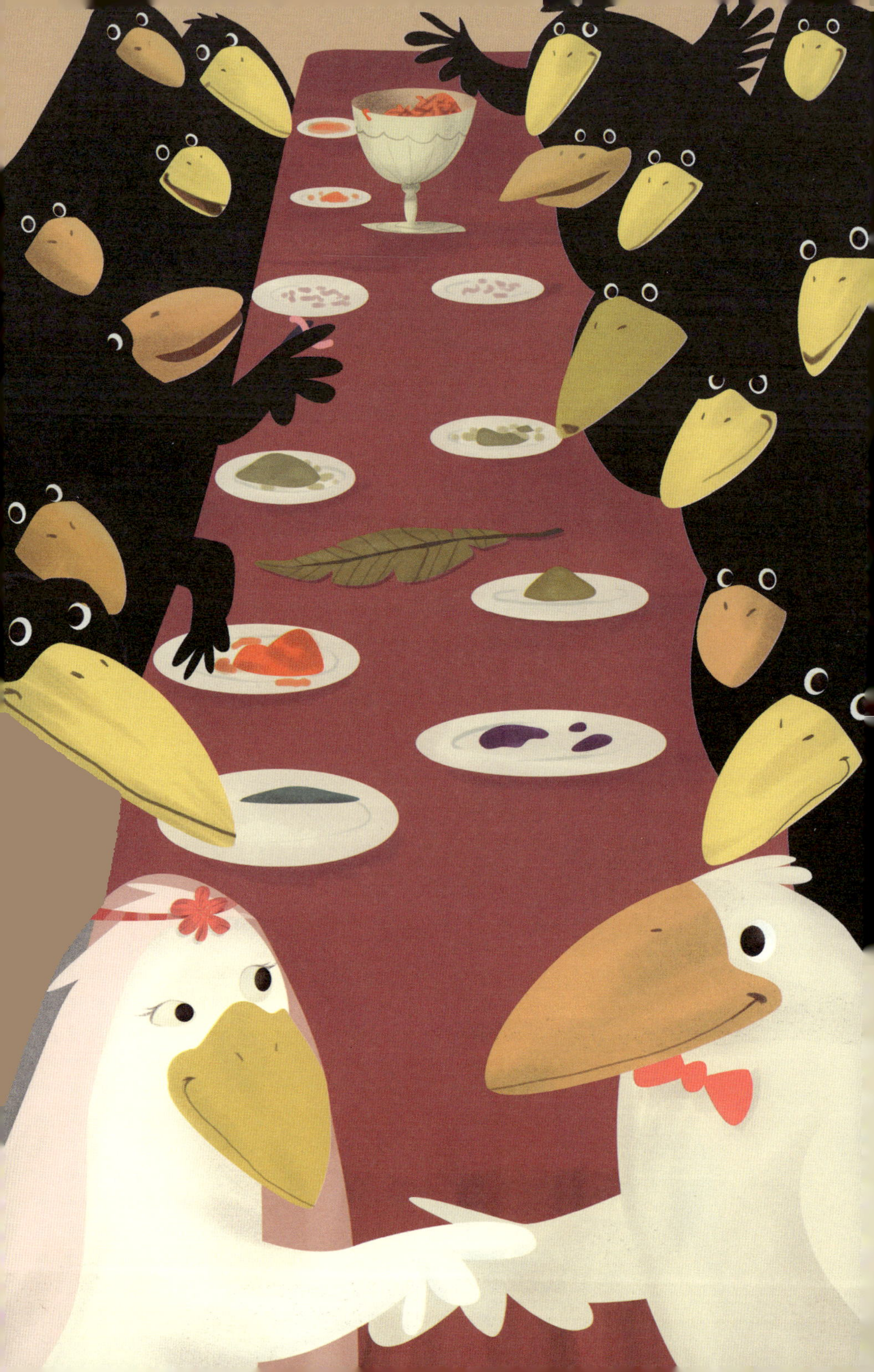

几天之后，她果然来了。哦，我太幸福了，她果真是世界上最美丽的乌鸦，她的羽毛甚至比我的还要洁白闪亮。

"小姐？夫人？现在开始，我便把您当作我的太太，可以吗？这个世界上再也找不到比您更有魅力的女士了，在所有的不幸和责难背后，生命中竟然还藏着如此动人的安慰。此前，我一直认为自己将孤独终老。老实和您说吧，这压力太大了！一见到您，我就感到自己拥有做父亲的所有品质。不要迟疑了，请把手给我，让我们按照英国的方式结婚吧，无需任何繁文缛节，然后我们就直飞瑞士度蜜月吧。"

"这样是不是有些太草率了？我很期待一个完美的仪式，举行盛大的聚会，把法国所有高贵的乌鸦都邀请过来。我们并非凡夫俗子，必须顾全自己的名望，不能像屋顶上的小猫那样随随便便。我带着旅行支票，亲爱的，不要敷衍了事。在招待饮食方面，绝对不能小气。"

我对她言听计从——婚礼是盛大豪华的，奢侈到极点，一共吃掉了1万只美味昆虫。我们请来了尊敬的鸬鹚神父主持婚礼，最后还举行了盛大的舞会。总之，一切都非常圆满。

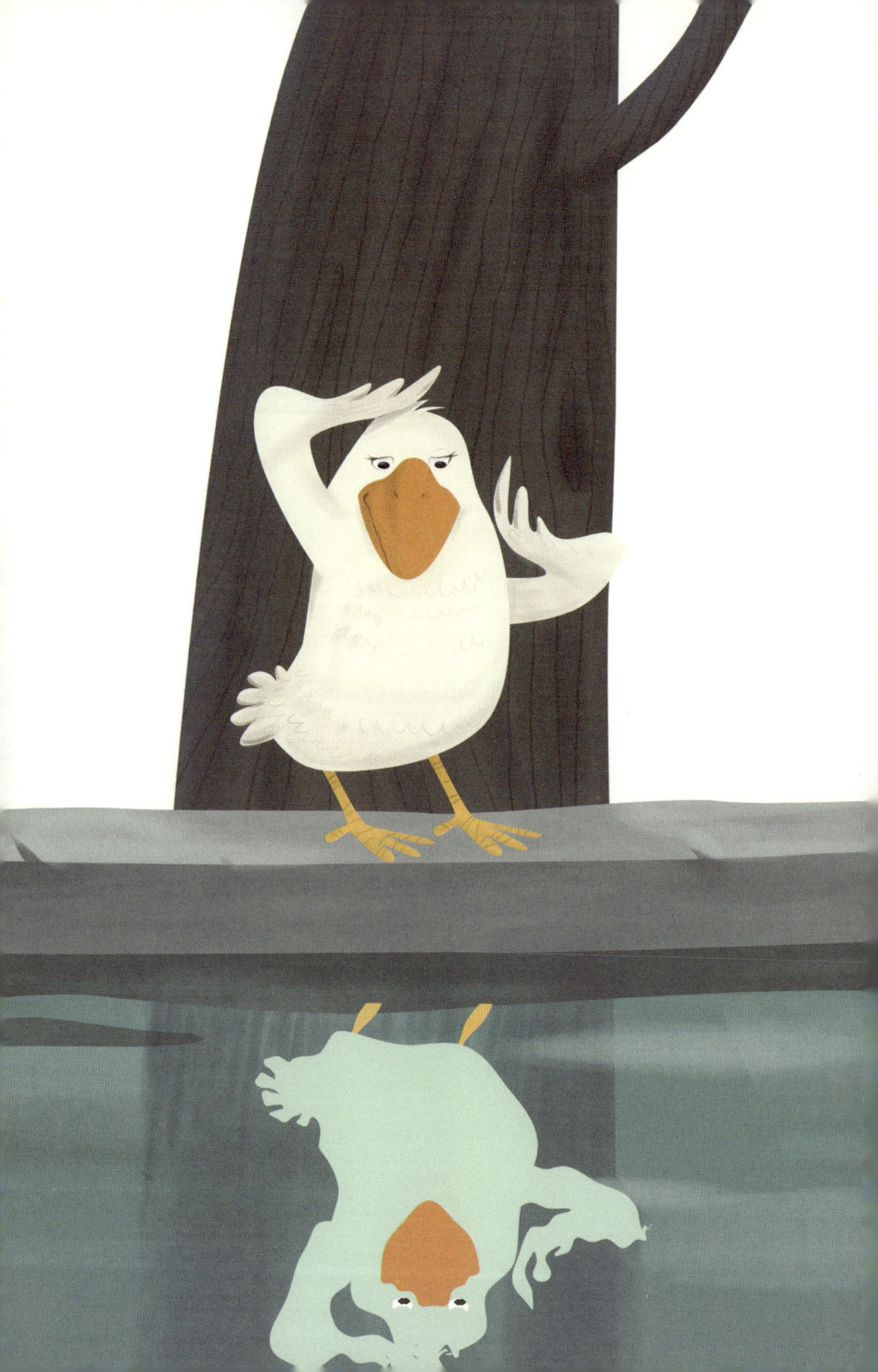

随着对美丽夫人的深入了解,我的爱也随之加深。她小小的身体里凝聚了所有迷人之处。不过,我感觉她稍微有点假正经,这是因为她来自英国,伦敦的雾气给她带来了轻微的影响。我坚信,法国的清新空气定能很快驱散这一小块乌云。

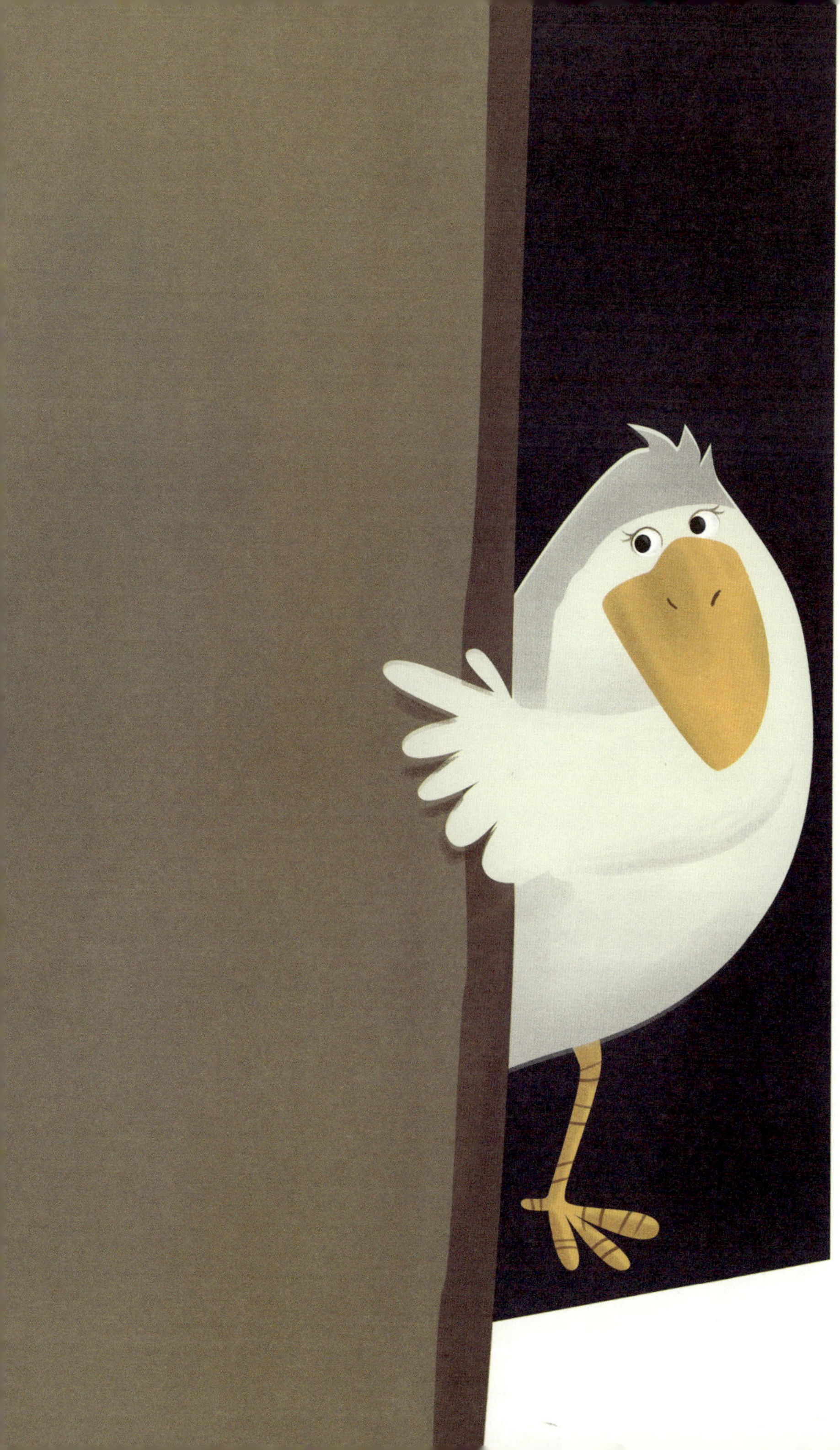

然而，有一件事却让我产生了些许担心——有时候，她会显得特别神秘。她把自己和女仆一起锁在自己屋子里，花上几个小时梳洗打扮。做丈夫的一般不会喜欢家庭生活中出现这些古怪行为。不下 20 次，我曾在太太的门前使劲敲门，却怎么也敲不开。这让我烦躁透了。

有一天，又发生了这种情况。我心里非常恼火，一个劲地敲门。最后，太太不得不让步，有些匆忙地打开了房门，还抱怨我打扰了她。进屋的时候我注意到，有一大瓶用面粉和西班牙白颜料做成的浆糊样的东西，便问她用这东西做什么。她回答说是治疗冻疮的药膏。

这大瓶药膏似乎有点可疑，但是，我怎么能对如此温柔聪明可爱的太太起疑心呢？毕竟，她给了我巨大的热忱……

92

开始，我还不知道她善于舞文弄墨。过了好一阵，她才向我透露这一点，甚至给我看了她模仿沃尔特·司各特爵士和斯卡隆而写的一部手稿。

可想而知，这件令人惊喜的事情给我带来多大的乐趣。我的太太不仅拥有无与伦比的美貌，还具备聪颖过人的才智，从各方面都配得上我这样的天才。

从那一刻起，我们就开始共同创作了，我们的灵魂重合在一起。

我这边构思诗句，她则在另一边涂写成叠的稿纸。我的大声朗读丝毫不妨碍她的写作。

她的小说完成得相当轻松，总是选择最富有戏剧性的题材，绑架、谋杀、权力舞弊等，还不失时机地抨击一下潮流人士。总之，她一点儿也不费脑筋，一点也不顾是否有伤风化；她从来不删除一个字，落笔之前也不设任何提纲框架，是位典型的有高深文学修养的作家。

94

一天,她的工作热情格外高涨,豆大的汗珠一颗颗从额头上滴下来。我惊讶地瞥见她的后背上出现一大片长长的黑色污痕。

"噢,亲爱的,这是什么?你是不是生病了?"

起初,她略略有些惊慌,甚至有点尴尬,但随即就恢复了镇静,沉着应对的能力令人赞叹。"大概是墨水的痕迹吧。"她说,"是灵感爆发时从笔尖甩出的黑墨水。"

"我的太太是不是褪色了?"我低声嘟囔着。这个念头让我整晚难以入睡,那瓶白色浆糊一样的药膏又从记忆里浮现出来——哦,我竟然哭了,这是怎样一种怀疑啊!那不应该就是一种颜料吗?一种涂色的石灰浆?难道她只是涂抹出来的吗?难道她是涂了颜色来骗我的?我原以为找到的灵魂伴侣,原来只是一团白面粉?

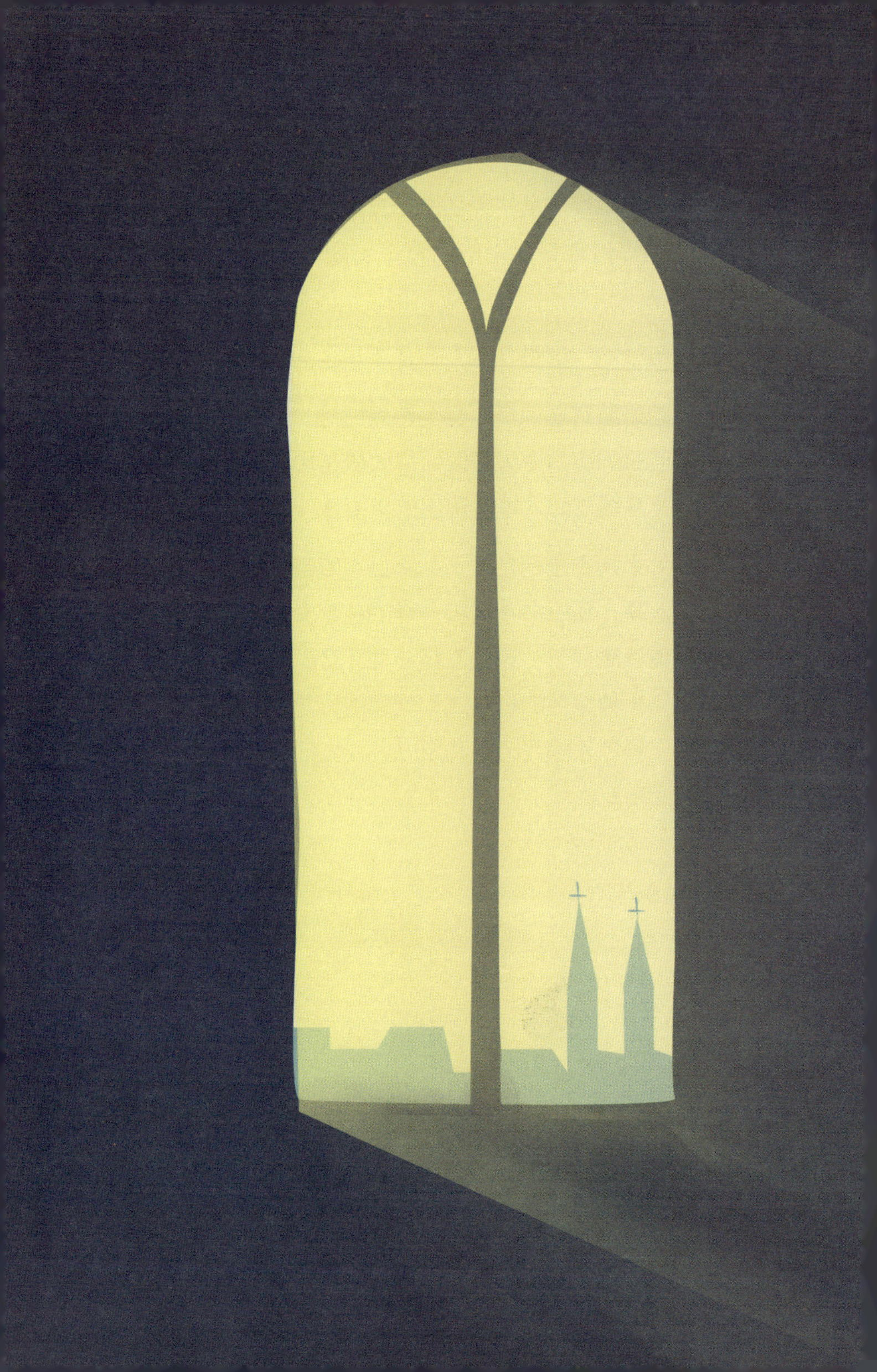

这个可怕的怀疑回旋不去，我打算及早摆脱出来。

我买了一只晴雨表，焦急等待着雨天的到来。我要选择一个可能变天的周日，带着我太太去郊外，让她接受淋雨的考验。

然而，时间正值七月，天气好得不可思议。

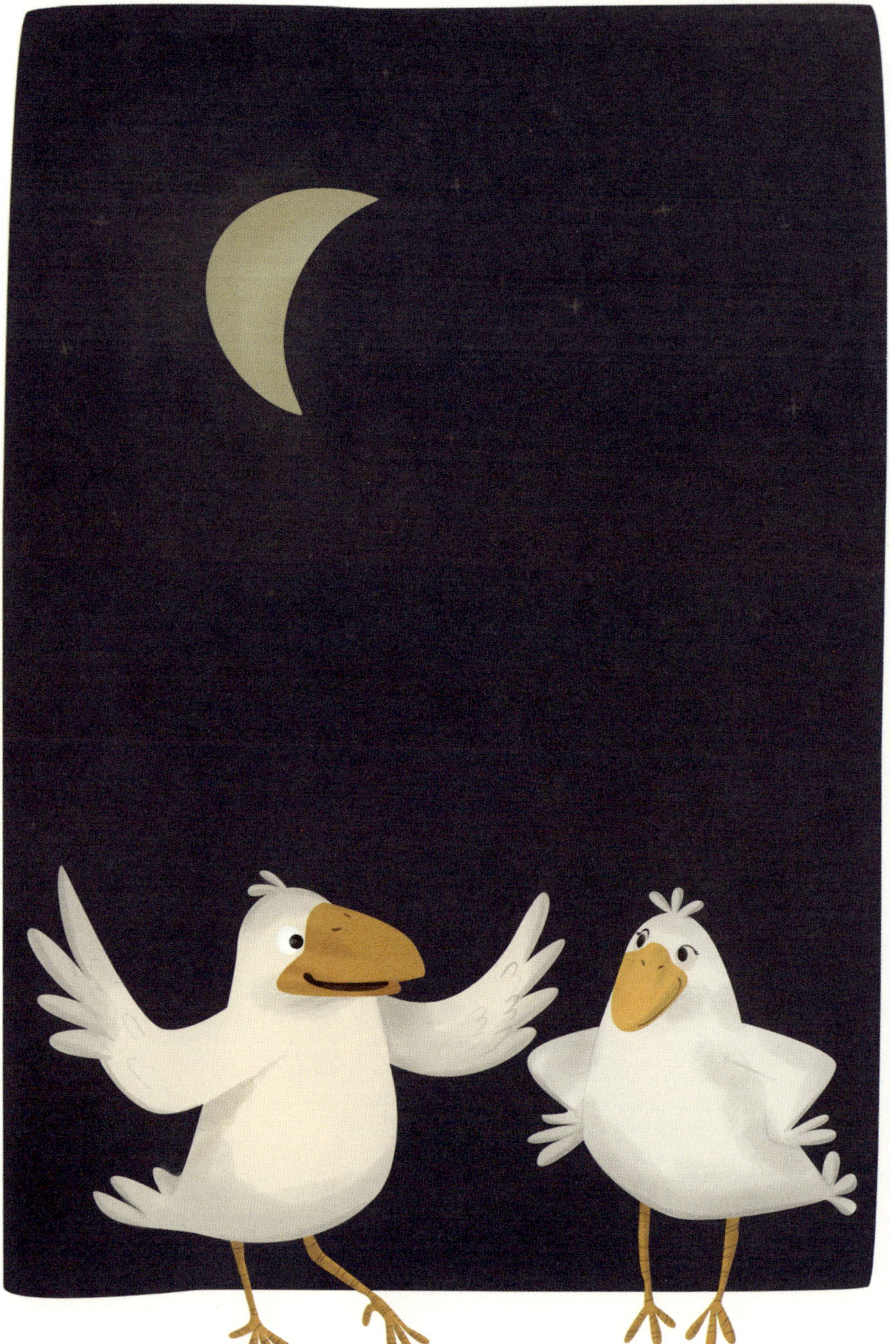

写作的习惯让我变得极其敏感。天真如我,有几次,正当我工作的时候,强烈的感情往往压倒了理智,一边斟酌韵脚一边潸然泪下。我的太太非常喜欢这种难得一见的情景——男性的任何脆弱,大概都会让女性沾沾自喜。

一天夜晚,我正根据布瓦洛的美学原则,修改着一行诗句,突然对她大发感慨。

"亲爱的,"我对她说,"您是我的至爱,如果没有您,我的人生就只是一场梦。您的一颦一笑,对我来说就是整个宇宙。您知道我有多么爱您吗?如果引用其他诗人的平庸念头,只要小小的归纳就能找到合适的词语,但如果这样,我怎么才能表达出您所赋予我的特别灵感呢?您来找我的时候,我还只是一个流离失所的孤儿,如今,却堪比国王。您知道吗,我的天使,在这脆弱的身体里,在我狂热的小脑袋里,锁着许许多多的小念头。我的一切都是您的,听听我脑袋里的回响,您就能知道我爱的炙烈。如果说我的天赋是一颗小小的珍珠的话,您就是克里奥佩特拉女王。"

100

我一边说着,眼泪扑簌簌地直掉下来,濡湿了她的羽毛。随着每一大滴我的眼泪,她的羽毛慢慢地改变着颜色……连黑色也谈不上,竟然是一种旧红色,她应该已经染色过好几次了。

几分钟后,和我面对面的太太卸下了所有妆容,同最普通最寻常的乌鸦一摸一样了。

怎么办呢?说什么好呢?何去何从呢……任何责备都是无济于事了……

老实说,这种情况,我完全可以视之为欺骗,从而解除婚约……但是,我怎么敢将这家丑外扬呢……难道我的不幸还不够沉重吗?

# Part 9

我鼓起勇气打开翅翼，决心远远地离开这个世界。放弃诗人的生涯，在荒野中自我放逐。

如果可能，我要躲开所有的生物，像阿尔切斯特那样苦苦修行。

野谷荒丘，也许才是属于白乌鸦的自由领地。

我飞到高空，热泪直流。风带着我一路向前，最后落在了莫特枫丹的一根树枝上。这回，大家伙全都睡着了——"这算什么婚姻啊，"我自言道，"太鲁莽了，这可怜的姑娘居然把自己涂成了白色，也是出于好心吧……无论我再怎么抱怨，她也还是旧红色的。"

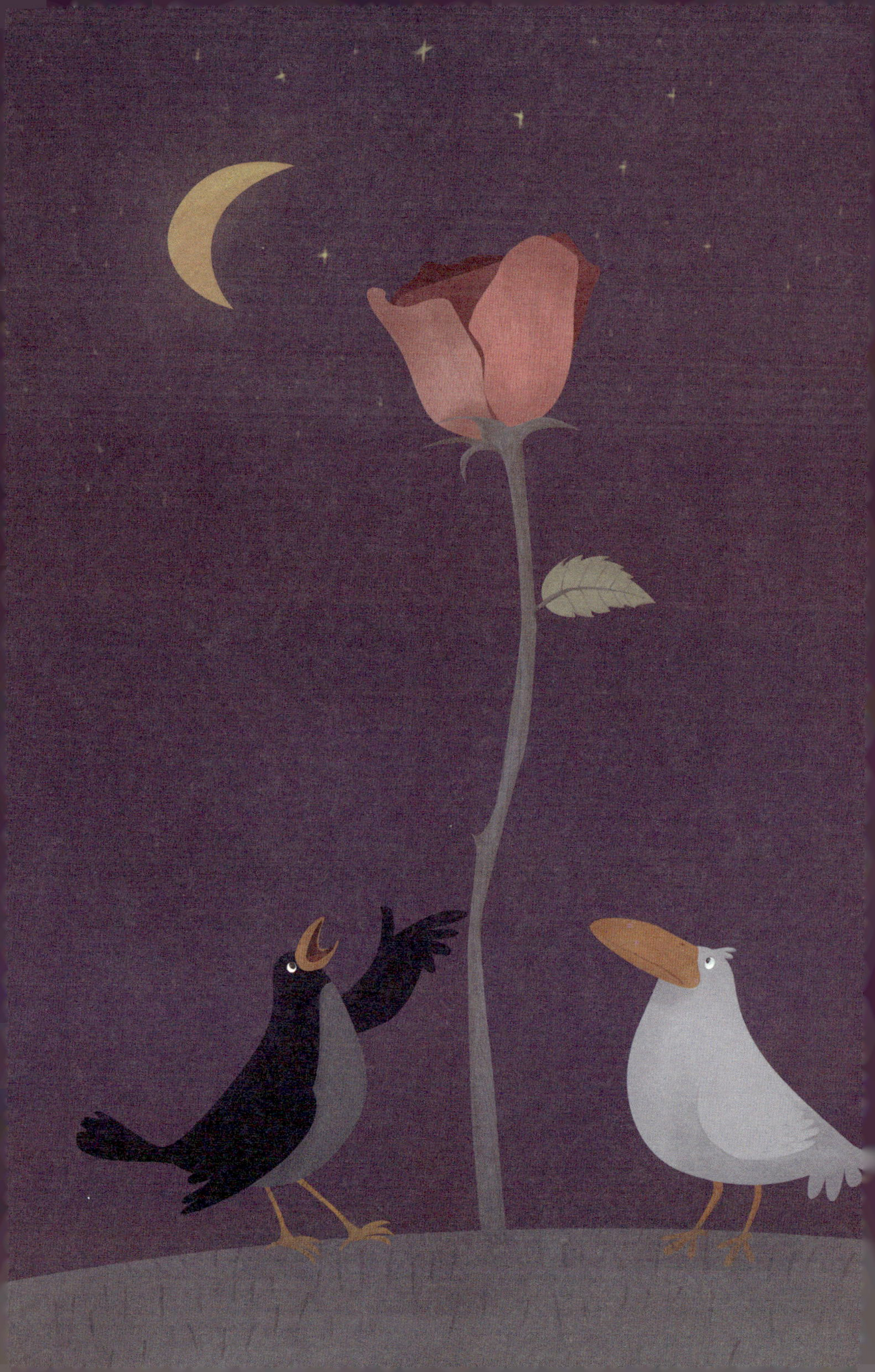

在夜的深处，夜莺仍在孤单落寞地歌唱。

他那天赐的美妙嗓音，足以抵御一切黑暗。

我忍不住靠上前去。

"您可真幸福啊！"我说道，"您歌唱得这么好听，人人都爱您。您有美丽的太太和可爱的孩子，高朋满座……软绵绵的苔草枕头，大月亮，不用老是看报纸。鲁比尼和罗西尼根本无法和您相比，就是把他俩加起来也比不上您；我也唱过歌，先生，不堪入耳的。我好像指挥普鲁士兵卒那样地排列文字，整理队形段落，尽干些无聊的事。而您却在树林里逍遥自在，能请问一下，您的秘诀是什么吗？"

"您好。"夜莺回答道："事实并不是您想的那样……我的太太是个很无聊的人，我一点儿也不爱她。我心中真正的爱人是玫瑰，波斯的诗人萨迪也歌颂过她。我整夜为她歌唱，好几次连嗓子都唱哑了。但是，她从来都是睡着了，听也不听。她的花萼紧紧关起来，给一只年老的甲壳虫当摇篮——等第二天一早，当我又困又累地把自己扔到床上的时候，她才会缓缓地打开花瓣，让蜜蜂们去吸食她的心。"

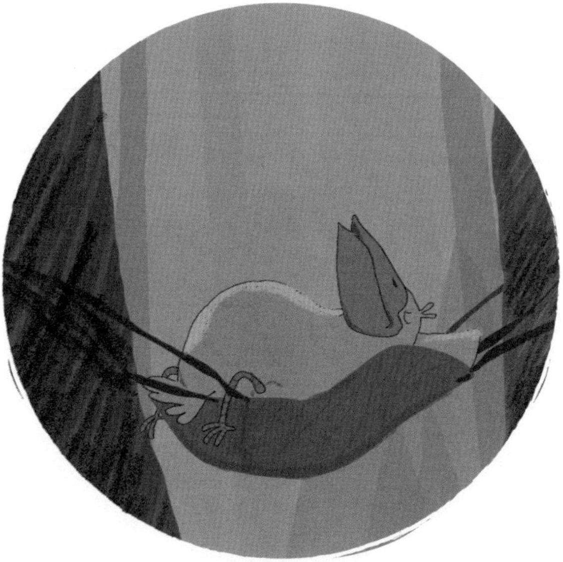

## 译者的话

还记得小时候的日日夜夜。

爸爸妈妈要上班,留下我一个人待在家里,唯一陪伴的,就是两大书架的书。

那些藏书不是特地为孩子准备的,很多都是艰难的大部头。我一本接一本大口吞咽,依赖着这些文字,得以度过儿童期漫长的空白和寂静。

至今,我还听得见那些字与字之间的回响,它们让我越过日常,把日与夜替换成低空飞行。

一本一本,都是打破结界的宝石。

一个孩子,是否一定要在童书的范围里寻找读物呢?我没有答案。

经过时间浸泡的文字各执密码,路过的人手握迥异的谜底。一字一句,彼此重叠,相互映照,在心的深处铺上细密交错的底色。

有些书读起来很轻,好像这本新来的《白乌鸦》,小小一册。翻译的时候,常常是读着读着,又好像有哪里没看明白,再倒转回去。

插图交给了身边亲密的朋友,沉着的用色贴合着文字的斟酌。

这本书因着童话的基调被归入儿童文学,但我觉得,那些还没有真正长大的大人们,也可以来看看这只白乌鸦,看看属于远方作者的辛辣与讽刺,检验一下自己的耐心和对这个世界的宽容。

普鲁斯特已经是很久以前的人了,他小时候当作宝贝的这只白乌鸦,会不会在另一个孩子的心里复活呢?

当然,作者是缪塞,提到他就会提到乔治桑,提到乔治桑又会想起肖邦,想起他写的那些夜曲,无限旋转。

也许,每个孩子都是那无限旋转夜曲中的一个小小音符。

圣 馨